DOUZE

ÉPITRES,

SUIVIES

DE STANCES.

DOUZE

ÉPITRES,

SUIVIES

DE STANCES.

PAR L.... M......

Et ce que j'ai senti, je me plais à le peindre.

A PARIS,
DE L'IMPRIMERIE DE P. DIDOT L'AINÉ,
IMPRIMEUR DU ROI.
1816.

PRÉFACE.

Plut au ciel que mes faibles talens égalassent mon amour pour le plus beau des arts ! j'aurais la douce satisfaction de faire passer dans l'ame de mes lecteurs les sensations délicieuses qui souvent enivrent la mienne. Je ne publie aujourd'hui qu'une partie de mes ébauches. C'est un essai que j'ai besoin de tenter, et une épreuve de mes forces, à laquelle tout homme organisé comme moi brûle de se soumettre une fois dans sa vie. Le reste de la mienne dépendra du succès de ce premier pas dans une carrière semée d'écueils. Comme mon épigraphe l'indique, ce ne sont, pour ainsi dire, que des épanchemens que je livre au public. Le genre de l'épître, qui se plie à tous les sujets et à tous les tons, s'accorde si bien avec la nature de mon caractère et l'inconstance de mon imagination, que je l'ai adopté par goût et par choix. L'expérience m'apprendra si j'ai trop présumé de moi. Accoutumé au sacrifice de mes plus chères affections, je me sens assez de courage pour faire encore celui de mon amour propre et de mes dernières illusions. Je soumets donc ces essais à la critique impartiale des véritables gens de lettres, et au jugement des lecteurs éclairés. Qu'ils se rassurent d'avance. S'ils condamnent ma tentative, elle ne sera suivie d'aucune autre, et je ne les occuperai plus de moi. Il n'y a qu'une chose à laquelle je ne renoncerai point; c'est de m'épancher avec ceux qui m'aiment, au risque de les ennuyer aussi. Mais si l'amitié n'est pas toujours indulgente, du moins elle est discrète.

DÉDICACE

A MON AMI

M. DUVAL DE FRAVILLE.

Tout est commun entre de vrais amis;
L'un d'eux n'a rien que l'autre ne partage:
Je t'offre donc cet imparfait ouvrage,
Qu'aux yeux du goût en tremblant j'ai soumis.
De mes censeurs si j'obtiens le suffrage,
Tu jouiras de mes propres succès:
Tu me plaindras si mes vers sont mauvais:
Et cet espoir me rend tout mon courage.

EPITRES.

ÉPITRE PREMIÈRE.

A MON AMI M. DOMINIQUE GUGLIERI.

DISCIPLE sans orgueil d'une aimable sagesse
Qui déride souvent son front orné de fleurs,
Dans ces murs tout peuplés de froids spéculateurs
Que fais-tu des loisirs que la guerre te laisse ?
À l'idole vulgaire immolant ta raison,
Te voit-on d'un écu vouloir en tirer mille,
Et, vendant à prix d'or ta liberté tranquille,
Pour son frère Mercure oublier Apollon ?
Ou, quittant follement ta douce solitude,
Vas-tu, penseur oisif, dans un cercle ennuyé
Perdre un temps précieux réclamé par l'étude ?
Non, certe : ami des arts, fidèle à l'amitié,
De te calomnier à bon droit tu m'accuses.
Sous le toit fraternel tu courtises les Muses ;
Et, ménager du temps, sans regrets, sans desirs,
Tu sais par tes travaux compter tous tes plaisirs.

Poursuis, mon noble ami; loin d'un monde frivole
Cultive ta raison, ton esprit et ton cœur.
C'est dans l'obscurité qu'on trouve le bonheur;
Il habitait Tibur, et non le Capitole.
Pour moi, qui dès l'enfance ai partagé tes goûts,
Je leur dois, comme toi, ma douce indépendance:
La trame de mes jours se dévide en silence:
J'ai très peu de besoins, et les satisfais tous.
Exempt de préjugés dans ma retraite obscure,
Je cultive les arts, j'observe la nature.
De ma propre faiblesse inflexible censeur,
J'applique tous mes soins à devenir meilleur.
Loin des gagneurs d'argent et des coureurs de places,
De nos maîtres savans je suis de loin les traces,
Et médite sans fin leurs chefs-d'œuvre divers.
Qu'il est pur, mon ami, le charme des beaux vers!
Et que la vérité, d'images embellie,
A de grace et d'attraits sous la main du génie!
Oh! que pour moi le ciel, prodigue de ses dons,
Ne m'a-t-il départi ce rayon de lumière
Par qui l'auteur du Cid, La Fontaine, Molière,
Ont sauvé de l'oubli leurs écrits et leurs noms!
Mais, profane écolier, sur leurs pas je me traîne,
Et toi-même crois voir, digne objet de pitié!
Un enfant qui bégaie aux pieds de Démosthène.
Ecoute. On peut, je crois, tout dire à l'amitié.
Comme on voit un ruisseau de sa source féconde
Jaillir, et, promenant les trésors de son onde,

Répandre dans les champs la vie et la fraîcheur;
Parfois un vers facile échappé de ma veine
Sous mes doigts triomphans court se placer sans peine,
Et d'un transport soudain fait palpiter mon cœur.
Mais plus souvent aussi, dans son esssor timide,
Ma verve sans pouvoir n'est qu'une source aride
Qui, dès long-temps en proie aux ardeurs de l'été,
Voit tarir ses canaux jusqu'au sein de la terre,
Laisse mourir les fleurs que la chaleur altère,
Et condamne un beau sol à la stérilité.
Hé bien! si je pouvais aspirer à la gloire,
Si mon esprit, doué d'un talent créateur,
Pouvait dans ses tableaux épancher sa chaleur,
Je voudrais à ce prix illustrer ma mémoire:
Oui, fidèle à ses goûts, Louis, je l'avoûrai,
Voudrait être inconnu, mais non pas ignoré.
Eh! n'est-ce rien, ami, que les nobles suffrages
D'un public studieux qu'éclairent nos travaux?
Qu'il est doux d'obtenir l'encens de ses rivaux!
D'honorer son pays par d'immortels ouvrages!
De léguer à ses fils, fiers de titres si beaux,
Un nom irréprochable environné d'hommages!
Tu le sais; si, jetant le masque de côté,
Chacun voulait user de la même franchise,
On verrait ici bas, non sans quelque surprise,
Que tout homme prétend à la célébrité.
L'auteur le plus modeste à ce desir s'enflamme;
Il rêve qu'il écrit pour la postérité,

ÉPITRE II.

L'ORIGINE DE LA SENSITIVE; A OCTAVIE.

DANS Demoustier vous avez lu vingt fois
De tous les dieux l'histoire véridique.
Il vous souvient de ce dieu peu courtois
Qui, chaque jour, sous l'ombrage des bois,
Va grossissant l'amoureuse chronique
Des déités qu'il réduit aux abois;
Du traître Pan, à l'œil louche et cynique,
Qui, bien souvent, plein du nectar bachique,
Laisse, dit-on, les champs du villageois
Et les troupeaux confiés à ses lois,
Pour promener son audace lubrique.
Dans les sentiers d'une forêt antique,
Un soir d'automne, errant en tapinois,
Il aperçut une beauté pudique,
Au pied léger, au gracieux minois,
D'un air distrait balançant un carquois.
Il s'en approche, et, jetant son haut-bois,
Soudain s'élance, ainsi qu'il se pratique.
Elle l'entend, le voit d'un œil oblique,

S'écrie, et fuit par des détours adroits,
Le cœur saisi d'une terreur panique;
Le mot en vient, m'a-t-on dit, je le crois.
C'était la jeune et tendre Sensitive,
Qui de Diane embellissait la cour.
Un beau pasteur avait tout son amour;
Et, pour rêver, quoique chaste et craintive,
Seule elle errait sur le déclin du jour.
Comme l'on voit le féroce vautour
Suivre dans l'air la colombe plaintive,
Pan suit de près la nymphe fugitive.
Il touche au but. Déja sa main furtive
De son beau sein va saisir le contour.
Près d'être atteinte, elle saute et l'esquive.
D'un hêtre antique ils font trois fois le tour;
Pan sur ses pas bondit, elle est captive:
Son bras l'étreint, et sa bouche lascive
Va profaner ses charmes sans retour.
« Accours, ô mort, venge-moi d'un perfide,
« Ne permets pas qu'il souille ma pudeur;
« Accours, accours, préviens mon déshonneur;
« Mort, je t'appelle! » Et sa main intrépide
Pendant ces mots repoussait son vainqueur.
Son front, baigné d'une sueur humide,
S'était couvert d'une chaste rougeur:
Soudain ce front devient froid et livide:
Son œil s'éteint: sa bouche, sans couleur,
Et du trépas portant l'empreinte aride,

Du monstre encor fixait la bouche avide.
Mais dans ses bras il trouve avec horreur
Un corps flétri, sans vie et sans chaleur.
Il le rejette, et fuit d'un pas rapide,
Sur son chemin baissant un œil stupide,
Et dans son sein emportant la terreur.
  Au fond des bois les nymphes de Diane
Ont entendu les accens de leur sœur:
Chacune, émue à ses cris de douleur,
Court vers les lieux d'où s'éloigne un profane.
Diane même arrive sur leurs pas.
Ciel! quel objet pour leur vive tendresse!
Leur sœur n'est plus, un froid sommeil la presse,
Et la pâleur a fané ses appas.
Chacune en vain la soutient dans ses bras:
Tous ces beaux yeux l'arrosent de leurs larmes:
On plaint son sort, qu'on jure de venger,
Et ses vertus, et son âge, et ses charmes
Qu'osa toucher un insolent berger.
  Bien plus, dit-on, la déesse attendrie
Veut qu'à l'instant sa dépouille chérie
Soit transformée en une simple fleur,
Qui, conservant sa rare modestie
Sans vain éclat, sans faste, sans odeur,
Rappelle encor son nom et son malheur.
  Depuis ce temps sa réserve infinie
Près des amans ne s'est point démentie.
Et si parfois une main trop hardie

Se flatte encor de vaincre sa fierté,
Elle s'incline avec timidité,
S'émeut d'effroi, se cache et se replie.
On la voit même aux zéphyrs indiscrets
Montrer toujours la même retenue,
Et, quand du ciel la nuit est descendue,
S'en alarmer, et voiler ses attraits.
  La sensitive est votre heureux emblême,
Charmante amie: ah! ne rougissez pas,
Et laissez-moi rendre à la vertu même
Ce faible hommage articulé tout bas:
Vous savez trop à quel point je vous aime;
Mais avant tout, ce que j'adore en vous,
C'est ce front pur, cette décence extrême
Qui prête un fard aux charmes les plus doux.

ÉPITRE III.

A PIERRE CORNEILLE.

Salut! ô mon vieux maître! ô Corneille! ô grand homme!
Que jalousait Voltaire, et qu'eût encensé Rome,
Salut! Cent fois ton Cid m'a redit ses douleurs,
Et la centième fois je trouve encor des pleurs.
Apprends-moi donc quel dieu descendait dans ton ame,
Quel souffle inspirateur t'embrasait de sa flamme,
Lorsqu'en foule à ta plume échappaient ces beaux vers
Si frais, si pleins de vie, après deux cents hivers?
Cet aveugle immortel, l'aigle de Méonie,
T'avait-il donc légué son antique génie?
N'es-tu que son rival? ou revit-il en toi?
Sublimes tous les deux, vous n'êtes qu'un pour moi;
Mon admiration vous confond l'un et l'autre;
Seuls vous êtes égaux, personne n'est le vôtre.
Tour-à-tour créateurs, un seul de vos regards
A dissipé la nuit où tâtonnaient les arts:
Vos premiers pas, à peine empreints dans la poussière,
Ont ouvert à-la-fois et rempli la carrière:
De vos mâles écrits, où tout est simple et grand,

L'enthousiasme est juge, et pleure en admirant.
De la fille des mers la magique ceinture;
Achille dans son camp dévorant son injure,
Ou, lorsque Priam vient presser ses bras sanglans,
Abaissant sa fierté devant des cheveux blancs;
Le fils d'Hector tremblant à l'aspect d'un panache,
Et collé sur le sein où son effroi l'attache;
Le puissant Jupiter, maître et père des Dieux,
D'un regard ébranlant l'orbe immense des cieux;
Quels tableaux toujours neufs! quelles fraîches images!
Les poisons de l'envie et le torrent des âges
Ont coulé sur Homère, il est Homère encor.
Mais si j'admire Achille, Ajax, Hélène, Hector,
Que j'aime à contempler, ô l'aîné des Corneilles,
De ta palette d'or les brillantes merveilles!
Ce Rodrigue si tendre, et si fier tour-à-tour,
Mélange heureux d'honneur, d'héroïsme, et d'amour:
Ce don Diègue, épargné par quarante batailles,
Et, vieux père, exhalant le cri de ses entrailles:
Ta Chimène, des cieux cet ange descendu,
Qu'honore sa faiblesse autant que sa vertu:
Quels plus riches portraits! Mais quel autre à ta place,
Dis, pouvait crayonner l'ame du vieil Horace,
Assemblage idéal de vertu, de grandeur,
Et modèle éternel d'éloquente chaleur,
Romain aimant la gloire avec idolâtrie,
Citoyen immolant ses fils à la patrie,
Ou pressant avec feu dans ses bras paternels

Le dernier, tout chargé de lauriers immortels?
   Condé, tu l'éprouvas en contemplant Auguste,
Un héros est clément quand un roi n'est que juste;
J'aime à croire avec toi qu'Auguste pardonna,
Et mouille de mes pleurs les pages de Cinna.
J'admire ta noblesse, illustre Cornélie,
Et jusqu'en tes malheurs mon cœur te porte envie:
Pompée a succombé sous un lâche poignard;
Mais sa veuve est encor l'égale de César.
Épouse plus touchante et plus tendre héroïne,
Bon Corneille, oh! sur-tout que j'aime ta Pauline!
Qui t'avait révélé les charmes inconnus
De cette ame épurée au flambeau des vertus,
L'éloge de la tienne, et celui du théâtre?
Quel contraste! J'entends l'altière Cléopâtre
Méditer sans frémir ses empoisonnemens.
Dans sa bouche, ennobli des plus fiers sentimens,
Le crime serait grand, s'il pouvait le paraître.
Chef-d'œuvre inimitable, elle est le tien peut-être;
Et, si même j'en crois des rapports innocens,
Tendre père, elle obtint à tes yeux complaisans
Un rang qui de ses sœurs choqua le droit d'aînesse.
Quel cœur n'a ses penchans? Quel père est sans faiblesse?
Pour moi, sans discuter leur mérite divers,
J'applaudis tour-à-tour à tes mille beaux vers,
Et, si de tes héros l'ensemble heureux m'étonne,
À chacun d'eux, à part, je donne la couronne.
   La France à ton génie, immense, original,

La France pouvait seule opposer un rival.
Plus parfait, et sur-tout à la langue fidèle,
De la grace en son style il offre le modèle;
Mais, s'il n'imita point tes inégalités,
S'il a moins de défauts, il a moins de beautés;
Son art d'un plan savant ignora la magie,
Et sa verve n'eut point ta romaine énergie.
J'aime mieux un beau fleuve égaré dans son cours,
D'un sol irrégulier suivant tous les contours,
Qu'un canal dont l'équerre a dessiné les rives,
Et sur un lit égal roulant ses eaux captives.
Ou j'aime mieux encor, loin des traces de l'art,
Fouler la mousse agreste, et franchir au hasard
Les sentiers tortueux d'une forêt antique,
Que d'aller parcourant un jardin symétrique
Où chaque allée esclave obéit au cordeau,
Où tout, jusqu'aux gazons, suit les lois du niveau.
Mais laissons tes écrits, et parlons de toi-même.
C'est, avant tes beaux vers, ta belle ame que j'aime.
Comme toi, qu'il est noble au talent créateur
D'allier le mérite et les vertus du cœur!
J'ai besoin d'estimer l'écrivain que j'admire;
Et, quand on lit ta vie, on croit encor te lire.
On se plaît à te voir bon père, chaste époux,
Sourire à tes enfans assis sur tes genoux,
Leur montrer de Thomas la palme fraternelle,
Et de l'homme de bien être encor le modèle.
Despréaux était vain; Racine, courtisan;

Voltaire des beaux arts fut moins roi que tyran;
Mais toi, simple, sans fiel, toi, mon maître, toi, Pierre,
Tu rappelles toujours La Fontaine ou Molière.
Ils furent tes amis, et non tes envieux.
Quel siècle! quels talens! Tableau délicieux!
Corneille et La Fontaine, unis de bonhomie,
Et Molière admirant la candeur du génie!
Je te vois: l'air austère et les yeux pleins de feu,
Le front toujours pensif, modeste, parlant peu,
Ou récitant tes vers sans art, sans vain prestige,
Et leur ôtant un fard que ta chaleur néglige;
Galant comme au vieux temps, délicat en amour,
J'aime à te voir garder, loin de l'air de la cour,
Ta brusquerie aimable, et même ta rudesse,
Et cette dignité de ta verte vieillesse.
Bon Corneille! homme antique! on se souvient toujours
De ce trait dont le charme est si loin de nos jours:
Fier d'unir à ton nom celui de sa famille,
Un jeune homme venait te demander ta fille;
Ressuscitant alors l'auteur d'Héraclius,
Tu faisais dans sa tente asseoir Sertorius:
« À ma femme, dis-tu, parlez de mariage,
« Je ne me mêle point des choses du ménage. »

ÉPITRE IV.

A UNE DAME

Qui m'avait envoyé une couleuvre artificielle.

Au temps passé, la jeune Ève, dit-on,
Fit un faux pas : ce n'est grande merveille,
Car la pauvrette eut affaire au Démon,
Qui, pour surcroît, lui parlant à l'oreille,
De la louange y souffla le poison.
Quoi ! direz-vous, le Démon en personne ?
Oui, lui, Satan : voyez la trahison !
Ce n'est le tout. Pour mieux tromper la nonne,
D'une couleuvre il prit le corps brillant,
L'œil expressif, et l'innocente allure.
Ce n'était point la hideuse figure
De ces dragons au regard flamboyant,
Au triple dard, et dont la gueule impure
Sans cesse exhale un venin dévorant.
  Quand le printemps rajeunit la nature,
Vous avez vu, sur un gazon mouvant,
Une couleuvre au corsage élégant
Parmi les fleurs laisser sa robe obscure,

Et, déployant sa nouvelle parure,
Aux feux du jour dormir nonchalamment;
Ou bien, poussant un timide murmure,
À votre aspect se dresser en fuyant.
Tel Belzébuth s'offrit à notre mère
Quand il rêva le malheur des humains;
Et telle encor j'ai reçu de vos mains
Celle qui court sur mon vieux secrétaire.
Mais que j'admire ici votre candeur!
Plus sage qu'Ève, et non pas moins jolie,
Vous résistez au malin tentateur,
Et l'excitez à lutiner ma vie!
Or, dites-moi, si vous l'avez vaincu,
Est-ce raison d'éprouver ma vertu,
Vertu si faible, et si mal établie?
En vérité, c'est une perfidie.
Quoi qu'il en soit, le serpent aura tort
S'il croit troubler ma raison chancelante:
Nouvel Adam, je me sens le plus fort;
Ce n'est pas lui, c'est Ève qui me tente.

ÉPITRE V.

A OCTAVIE.

A TOI, d'un cénobite amie unique et chère,
Qui joins l'art de penser à l'art heureux de plaire,
Toi de qui la beauté fait le moindre trésor;
Qui, riche à ton printemps des vertus de ta mère,
Du fard de la pudeur les embellis encor,
Salut. Des tristes murs où l'ennui me consume
Un instant avec toi je viens m'entretenir:
C'est le cœur, le cœur seul qui va guider ma plume;
Tu ne connais pas l'art, et je dois le bannir.
  Sans doute, jusqu'ici ta bienveillance extrême
Sous des traits mensongers m'a dépeint à tes yeux.
Ton ami veut qu'enfin tu le connaisses mieux;
Permets-lui sans orgueil de se peindre lui-même.
Dès long-temps une étroite et tendre intimité
Nous a dit que nos cœurs étaient d'intelligence;
Il est vrai; pour jamais j'ai la douce assurance
Qu'ils n'ont qu'une pensée et qu'une volonté:
Mais laisse-moi t'ouvrir mon ame comprimée,
Après un an d'exil écoulé loin de toi:

Sûr de ton indulgence en t'occupant de moi,
Je viens penser tout haut près de ma bien-aimée.
   Envers tous les humains le ciel est libéral.
Il m'a fait juste et bon, je bénis sa sagesse;
Mais je dois avec toi rougir de ma faiblesse;
Né pour aimer le bien, j'ai souvent fait le mal.
Sublime et vil, c'est l'homme : un vertige fatal
Au joug des passions asservit sa noblesse.
Dieu, qui voulut d'écueils entourer la vertu,
Les montre à l'homme, et dit : fuis-les, je t'ai fait libre :
L'homme hésite, un faux pas détruit son équilibre;
Il murmure, il a tort, c'est lui qui l'a rompu.
   Jeune encor, mon esprit, lassé de la contrainte,
De tout servile hommage apprit à s'affranchir.
Faible pour commander, trop fier pour obéir,
Je n'inspirai jamais ni ne connus la crainte.
J'ai vu sur tous les rangs de la société
L'absurde opinion régner en souveraine,
Et souvent, indigné, j'osai briser sa chaîne.
Disciple du bon sens et de la vérité,
J'ai ri des préjugés qu'adore le vulgaire,
Et bravé ces faux dieux jusqu'en leur sanctuaire.
J'ai vu, non sans pitié, ces vains empressemens
Dont tour-à-tour se paye une foule insensée;
Et ma bouche, toujours avare de sermens,
Méconnut l'art honteux de farder ma pensée.
De la seule raison j'interroge la voix,
Et, fort de ses arrêts, content de son suffrage,

J'ai méprisé cent fois et la mode et l'usage,
Despotes qui voudraient tout soumettre à leurs lois.
Mais cette fierté même et cette indépendance
En élevant mon ame altèrent mon humeur.
Victime quelquefois de mon impatience,
Dans le choc des avis j'apporte trop d'aigreur.
Gai par tempérament, et triste par boutade,
Mon esprit inégal se montre en un instant
Causeur et taciturne, agréable et maussade.
Dans ses affections mon cœur seul est constant.
Je n'ai point l'heureux don, la prévoyance extrême
De savoir à propos par des soins délicats
Devancer d'un ami jusques aux desirs même;
J'aime qu'il me prévienne, et ne le préviens pas.
Du moins de faux besoins n'assiégent point ma vie.
Simple dans tous mes goûts, modéré dans mes vœux,
Une tranquille aisance, une indulgente amie,
Voilà le seul trésor qui peut me rendre heureux.
Ah! loin de moi sur-tout, loin cette soif infame
Qui dessèche le cœur et croît en le rongeant!
Je ne veux point nourrir un vautour dans mon ame.
Qui desire toujours est toujours indigent.
Mais bien souvent, hélas! vertueux par systême,
Soi-même on se dément par des écarts honteux.
De contrastes choquans mélange monstrueux,
L'homme ressemble à l'homme, et jamais à lui-même.
Dirai-je qu'avant tout j'étais né pour aimer?
Tu le sais, toi de qui l'amitié m'est si chère,

Mes yeux, à peine encore ouverts à la lumière,
Des feux du sentiment parurent s'animer.
Enfant, il m'en souvient, une douceur secrète
À rêver seul déja m'entraînait sans sujet:
J'appelais de la nuit l'ombre auguste et muette,
Et, malgré moi, des pleurs humectaient mon chevet.
Enfin, d'un air riant, charmante adolescence,
Tu vins à mes regards présenter ton flambeau,
Et d'une main furtive entr'ouvrir le bandeau
Qui protégeait encor ma stérile innocence.
Le monde alors brilla d'un éclat tout nouveau.
J'aperçus des humains la moitié la plus belle,
Sexe aimable et touchant, consolateur fidèle,
Qui sème encor de fleurs les portes du tombeau.
De mes vœux inquiets j'entrevis le mystère:
Et, tourmenté bientôt du besoin d'être aimé,
Mon cœur, plein des objets dont il était charmé,
Sentit que le bonheur n'est point une chimère.

O toi! qu'à mes regards le ciel cachait encor,
Pardonne si je crus posséder une amie.
Mon amour, abusé dans son premier essor,
Eût-il osé prétendre au cœur d'une Octavie?
Dans cet étroit sentier qu'on appelle la vie
Nos pas un peu plus tard devaient se rencontrer:
Ensemble doucement nous devions l'effleurer,
Et céder à l'instinct dont le charme nous lie.
Pour moi, depuis ce temps, assuré de ta foi,
Ton image est toujours présente à ma pensée;

Par l'espoir et l'amour sans cesse caressée,
Sur l'aile des desirs elle vole vers toi.
Rarement, il est vrai, le sort, dans sa clémence,
A mis pour nous un terme aux peines de l'absence.
Mais nous savons tromper ses austères rigueurs.
Et, par ces entretiens qui traversent l'espace
Du temps aux pieds d'airain nous effaçons la trace,
Et du mortel ennui réveillons les langueurs.
Avec toi seule au sein de mon humble retraite
A chaque heure du jour j'aime à me retrouver;
Et loin du tourbillon d'une foule inquiète
Je savoure à loisir la douceur de rêver.
Grace à toi, la nature, agrandie à ma vue,
Ne trouve plus en moi des yeux indifférens.
Dans les déserts du ciel tous ces mondes errans;
Cet astre qui, des airs mesurant l'étendue,
Incline, chaque soir, son front majestueux;
Sur sa trace, la nuit, à pas silencieux
Déroulant par degrés son ombre inspiratrice,
Et provoquant au loin le calme et le sommeil;
Des doux mois du printemps le riant appareil;
Ces fleurs dont le parfum dans nos ames se glisse;
Aucun spectacle enfin n'est perdu pour mon cœur.
Partout, en te cherchant, je médite ou j'admire.
Que ne puis-je avec toi, plein d'un double délire,
Contempler l'univers et bénir son auteur!
Mais j'aime en toi du moins son plus charmant ouvrage.
D'un ton plaintif et lent, lorsque sur mon passage

L'humble mendicité fait parler ses douleurs,
Je ne repousse plus sa prière éloquente.
Je pense qu'à regret si ta main bienfaisante
Ne pouvait par des dons soulager ses malheurs,
Par tes regards du moins, par ta voix consolante
Durant quelques instans tu tarirais ses pleurs.
Tandis que Lucullus du bonheur se croit maître,
À son faste insolent je souris de pitié :
Je le plains, en songeant que ta douce amitié
Me promet des plaisirs qu'il ne saurait connaître.
Dans mes bras si je presse un jeune et bel enfant,
Ma poitrine s'émeut, ma voix tremble et s'altère,
Et, me berçant déja du nom sacré de père,
Je crois serrer un fils sur mon sein triomphant.
Si je vois, de l'envie arrachant les suffrages,
Deux fidèles époux dont l'amour ne fait qu'un,
Je me dis : sur la terre il est encor des sages.
Mais si j'apprends qu'unis par un trépas commun
Dans le même cercueil on les a vus descendre,
Que, frémissant du joug d'un veuvage importun,
Aux cendres d'un époux Porcie a joint sa cendre,
Oh ! qui peindrait mon trouble et mon saisissement !
Avec quel accent vrai ma bouche alors s'écrie :
Couple heureux, vous aurez les larmes d'Octavie.
   Ainsi ton souvenir m'occupe incessamment.
Sans regrets et sans soins, loin de la multitude,
Je l'observe à loisir, je te parle, ou j'écris.
Ami de tous les arts, je puise dans l'étude

Un calme toujours pur et des plaisirs exquis.
Corneille et Cicéron, le Tasse et l'Odyssée,
M'offrent contre l'ennui leur magique secours,
Et, plus hardie encor, mon active pensée
S'élève à des hauteurs d'où je te vois toujours.
J'embrasse, avec Platon, Malebranche et Socrate,
Le dogme consolant de l'immortalité.
J'aime à nourrir près d'eux cet espoir qui me flatte
De te chérir encor durant l'éternité.
Mais, parmi les plaisirs de mon exil funeste,
Oublierai-je les tiens, poésie, art céleste,
Dont je suçai le lait au sortir du berceau?
Ton charme est pur, sublime, il est toujours nouveau.
Et toi, sa sœur, comme elle, aimable enchanteresse,
Harmonie, à ta voix je renais presque heureux:
Dans tes accords touchans je puise avec ivresse
Un amour plus intime et plus affectueux.
Amour! feu créateur! sentiment ineffable!
Lui seul peut épurer tous les pensers humains.
Par lui l'homme agrandi sait braver les destins,
Et goûter des vertus le charme inaltérable.

Que d'autres, accablés d'un importun loisir,
Traînent de cercle en cercle un visage intrépide:
Dans les graves calculs d'un boston insipide
Qu'ils feignent pour le moins de pâmer de plaisir;
Qu'au jargon assommant de la pédanterie
Des sots émerveillés la troupe se récrie:
Qu'un fat, nul au théâtre, et roi dans nos salons,

Lance contre le ciel ses lourdes épigrammes,
Ou, d'un air parfumé, distribue à nos dames
Sa morale indulgente, et ses traîtres bonbons:
Plus loin, qu'un groupe épais, autour d'une *causeuse*,
Discute gravement sur un ruban nouveau,
Corrige avec Garat la forme d'un chapeau,
Ou d'un pli séduisant fixe la place heureuse:
Qu'enfin, près du foyer, debout, à demi-voix,
Un froid spéculateur, que l'intérêt dévore,
Se plaigne que l'argent, déja tombé de trois,
À la bourse demain doive baisser encore:
Moi, je veux fuir toujours les prudes, les traitans,
Les sots, et les muguets, et les quarts de savans.
Auprès d'eux! mon amie, eh! qu'irions-nous y faire?
Ainsi qu'eux, tour-à-tour ennuyés, ennuyeux,
Pourquoi les accabler d'un visage sévère?
Fermons-leur notre porte, et n'entrons point chez eux.
Ils nous calomnieront? Qu'importe? Il faut les plaindre:
Ils ne sauraient changer ni partager nos goûts.
Timides, mais trop vrais pour daigner nous contraindre,
Ah! sachons nous suffire et nous aimer pour nous.
L'amitié, sur ses pas amenant la franchise,
En revanche viendra visiter nos foyers,
Et, par ses entretiens indulgens, familiers,
Nous dédommagera des cris de la sottise.
Que si, d'un pied hardi franchissant notre seuil,
Un fâcheux vient troubler la paix de notre asile,
Soudain éclipsons-nous par une fuite habile.

Mais plutôt, qu'il reçoive un gracieux accueil;
Qu'il vienne, déployant son importune joie,
Des vains attraits du monde à jamais nous guérir,
Et par quelques momens à son babil en proie
De nous retrouver seuls achetons le plaisir.
J'ai vu touchant à peine au midi de la vie
L'homme sur son berceau tourner un œil d'envie,
Et, quand l'âge trompait ses aveugles desirs,
D'une stérile enfance exalter les plaisirs.
À sa voix, en secret m'interrogeant moi-même,
J'ai pour lui de pitié rougi d'un tel blasphême.
S'il est pour l'homme un temps digne de ses regrets,
Un âge heureux qui passe, et ne revient jamais,
C'est le tien, c'est ce temps de fraîcheur et d'ivresse,
Jours purs, jours fortunés, florissante saison,
Où le cœur sent et pense, où l'austère raison
Approuve en souriant le choix de sa tendresse.
Ah! que, du sentiment détracteur odieux,
Un faux sage regrette une enfance apathique,
Et des plaisirs sans goût, et d'insipides jeux;
Qu'il pleure de ses sens le sommeil léthargique;
Vingt ans, doux âge d'or, c'est vous qu'il faut pleurer.
Heureux l'homme prudent qui sait vous savourer!
Près de la tombe encor ce tableau le console.
Vous me fuyez, hélas! votre règne s'envole;
Et bientôt sur vos pas l'inquiet âge mûr
Dans mon sang avili va répandre sa glace.
Rongé de vains desirs, lassé d'un bonheur pur,

Mon esprit des faux biens va poursuivre la trace.
Adieu, nobles pensers, douces émotions,
Qui charmez de mes jours la trame fortunée!
Dans le torrent commun ma raison entraînée
Rampera sous le joug des folles passions.
Quel autre aspect succède à ces douces images,
En dissipe le charme, en éteint les couleurs?
Sur ses pas la vieillesse amenant les douleurs
Vient de ses doigts de fer sillonner nos visages.
La fraîcheur de ton sein, la splendeur de ton front,
Hélas! tous ces trésors un jour disparaîtront.
Cette active chaleur qui circule en mes veines,
Et prête à mes esprits un utile ressort,
Je perdrai tout aussi: tel est l'arrêt du sort:
Nos plaisirs sont suivis d'un long cercle de peines,
Et, sans avoir vécu, nous marchons à la mort.
Mais dis, le craindrons-nous ce rapide passage
Qui doit nous réunir loin d'un monde mortel?
Ami de la vertu, sans avoir été sage,
J'humilierai mon front aux pieds de l'Éternel:
« Dieu juste, lui dirai-je, ô mon juge! ô mon père!
« Source auguste de biens, d'ordre et de vérité,
« Frappe, anéantis-moi, je l'ai bien mérité.
« Mais si j'ai du remords senti la flèche amère,
« Si jusqu'en mes écarts la raison me fut chère,
« Si quelquefois ma bouche a connu le pardon,
« Pardonne! Il n'appartient qu'à toi seul d'être bon.
« Voyageurs dispersés, que ton sein nous rassemble,

« Durant l'éternité nous t'aimerons ensemble. »
Avec soumission j'attendrai mon arrêt.
Le ciel à mes erreurs fera grace peut-être ;
Pour ne plus te quitter je te verrai renaître,
Et de la vérité l'impérissable attrait
Enchantera nos yeux dignes de la connaître.
  Ainsi ton jeune ami, bercé d'un doux espoir,
Franchit de l'avenir l'immensité profonde.
Désabusé par toi des vains plaisirs du monde,
Quand pourra-t-il goûter la douceur de te voir ?
Je te quitte en mouillant ce papier de mes larmes ;
Un moment sur mon cœur laisse-moi te presser :
Ma bouche, qui toujours sut respecter tes charmes,
Sur ta bouche entr'ouverte appuie un long baiser.

ÉPITRE VI.

A MON AMI M. DOMINIQUE GUGLIERI.

A vous, cher enfant de Bellone,
Qui joignez le myrte au laurier;
Vous, ceint de la double couronne
Et de poëte et de guerrier,
Salut. Des rives de la Seine
Ma plume vous trace au hasard
Ces vers, grossiers enfans de l'art,
Polis sans goût, mais non sans peine.
J'ai vu ce séjour enchanté
Où, des quatre parts de la terre,
L'or à grands frais a transporté
Tout ce qui peut instruire et plaire,
Et tout ce qui peut satisfaire
Les besoins d'un luxe effronté:
Où, de tous les coins de la France,
On voit accourir l'opulence,
Aussi bien que la pauvreté:
Enfin j'ai vu cette cité
Où tout étonne, où tout abonde,

Et qui semble à mes yeux un monde
Par vingt nations habité.
   Du palais qui m'y sert d'asile
Voulez-vous voir le vrai tableau?
Ouvrez Gresset; ce peintre habile
A sur un sujet si fertile
Jadis égayé son pinceau.
Comme lui, j'habite la rue
D'où le dôme du Panthéon,
Déchirant le sein de la nue,
Semble se cacher à la vue,
Et régner sur tout l'horizon.
Là, du toit d'un cinquième étage,
Qui domine avec avantage
Tout le climat grammairien,
S'élève un antre aérien,
Un astrologique ermitage,
Qui paraît mieux, dans le lointain,
Le nid de quelque oiseau sauvage,
Que la retraite d'un humain.
C'est mon logis. Je croirais même
Que des Dieux la bonté suprême
M'a légué le triste réduit
Où par eux Gresset fut conduit,
Tant la ressemblance est extrême!
Mais non, je dis presque un blasphême.
Si ce poëte ingénieux
Qui fit, pour un oiseau fameux,

Babiller la troupe cloîtrée,
Eût jamais habité ces lieux,
Des traits de son ombre sacrée
Mon ame eût été pénétrée,
Et je m'en apercevrais mieux.
Dans tes loisirs laborieux,
O Muse! il t'aurait inspirée.
 Quoi qu'il en soit, je vis heureux
Dans ce gîte à demi sauvage;
Mais ce qui le rend moins affreux,
C'est que l'amitié le partage.
C'est dans ce grotesque donjon
Que, lisant Cujas et Barthole,
J'apprends à suivre à leur école
L'équité, les lois, la raison.
C'est là que la philosophie
M'enseigne le choix des plaisirs,
Et que, dans mes heureux loisirs,
Je pense à vous, à ma patrie.
 Mais il est temps de vous quitter.
Déja mon Pégase chancelle;
Je vous donne, aux sermens fidèle,
L'exemple de les acquitter;
Et la dette était mutuelle.
Adieu. Vous voyez que mon zèle
Est tout ce qu'il faut imiter.

ÉPITRE VII.

A NOÉMI.

QUE le monde me pèse, ô ma charmante amie!
Que les riches sont sots! et que les grands sont vains!
Dans l'ennui des salons, oh! combien je les plains]
De perdre ainsi les jours d'une si courte vie!
Auprès d'eux tout est froid, tout est vide autour d'eux.
L'égoïsme de l'or a desséché leur ame:
Je les ai vus bâiller sur le sein d'une femme;
Ils ont mille plaisirs, et ne sont point heureux.
D'un loisir éternel le fardeau les accable.
Dans des frivolités, sans honte et sans regrets,
Ils consument le temps, le temps irréparable:
De loin ils font envie, ils font pitié de près.
   Dieu te garde sur-tout des airs d'un gentillâtre
Épris de ses aïeux, de lui-même idolâtre,
Faquin par habitude et par succession.
Préfère son mépris à sa protection.
Laisse-lui son blason, ses grelots, sa chimère,
Et de ses parchemins la gothique poussière,
Fuis, ton ame est trop noble et ne sait point haïr.

Elle ne peut qu'aimer, sentir, penser et plaire,
Sauve-la de son souffle, il pourrait la flétrir.
Ah! j'ai trop dédaigné ma douce solitude.
J'y rentre, c'en est fait. Dans mon obscurité
Je retrouve l'honneur, la paix, la liberté:
J'y vais jouir sans soins des charmes de l'étude.
Et toi, toi de mon cœur tendre et chère moitié,
Tu reviendras encor visiter ma retraite,
Et, dans le poids amer de ma peine secrète,
Revendiquer parfois la part de l'amitié.
De mes plus doux pensers unique confidente,
Toi seule tu connais le chemin de mon cœur;
Tes sages entretiens vont me rendre meilleur:
J'oublierai mes écarts à ta voix indulgente.
Tu m'aimes, je le sais; mes ennuis sont les tiens;
Dans mon sein agité toujours prête à descendre,
Tes pleurs avec les miens aiment à se répandre.
Dans tes bras caressans lorsque tu me soutiens,
J'y puise avec transport une force nouvelle,
Mon ame s'agrandit, mon regard étincelle;
Je sens, en abordant, en touchant Noémi,
Que je presse la main de mon meilleur ami.
Oh! qui peut remplacer l'amitié d'une femme?
Pour en peindre le charme où trouver des couleurs?
De ce commerce exquis, fait pour élever l'ame,
Comment tracer aux yeux les magiques douceurs?
Les connut-on jamais dans le fracas du monde?
Aime-t-on dans un cercle? y jouit-on du moins

Du bonheur de s'aimer sans trouble et sans témoins?
La froideur qui raisonne, et la gaîté qui fronde,
Y laissent-elles place à de si nobles nœuds?
Dans la foule, ô ma sœur! fut-on jamais heureux?
  Non, le sage dans l'ombre aime à cacher sa vie,
Loin de l'œil des jaloux, loin des cris de l'envie.
Chaque jour dans son ame il se plaît à rentrer.
La nature à ses yeux se dévoile en silence;
Il sait mettre à profit sa noble indépendance,
Et du flambeau des arts apprend à s'éclairer.
Plein de leur feu divin, il médite, il admire.
Dans un monde idéal égaré doucement,
D'un long rêve son cœur goûte l'enchantement,
Et ce qu'il sent, il cherche encore à le décrire.
Sous son paisible toit il est sûr d'être aimé:
Ses plaisirs les plus doux un ami les partage;
Il poursuit avec lui son tranquille voyage;
Et, lorsque sans retour tout sera consommé,
Il sait, il pense au moins qu'une main adorée
Viendra jeter des fleurs sur sa tombe ignorée.
  Chère amie, il est temps de vivre enfin pour nous.
Je suis las d'être en scène, et las de me contraindre.
Je veux, dans l'humble cercle où je vais me restreindre,
Satisfaire à-la-fois ma raison et mes goûts.
Dans ce vain tourbillon où, rejeté sans cesse,
Des pompons, des hochets abusaient ma jeunesse,
Combien de fois, ô Dieu! j'ai tout bas regretté
Mon repos, et sur-tout ma douce liberté!

Durant quelques instans prodigue de la vie,
Je veux être homme encore, et je romps mes liens.
Heureux de posséder ce qui vaut tous les biens,
Des livres, une plume, une lyre, une amie.

ÉPITRE VIII.

A MON AMI M. HOCQUET DE VANTEUIL.

OUI, d'un sexe charmant l'image trop parfaite
Seule m'occupe encore au sein de ma retraite.
De mon bonheur passé, de mes premiers amours,
Le souvenir me suit et vient troubler mes jours.
O toi! qu'émeut aussi l'approche d'une femme,
Ami sensible et bon, je puis t'ouvrir mon ame,
Te confier mes goûts, mes peines, mes plaisirs,
Et jusqu'aux doux pensers qui charment mes loisirs.
Un cœur froid, qui toujours ou raisonne ou calcule,
Peut rire d'un cœur simple et prompt à s'enflammer;
Mais toi, rougirais-tu de sentir et d'aimer?
Non, l'égoïste seul en fit un ridicule.
Automate insensible aux traits de la beauté,
Il ne cherche qu'en lui toute sa volupté:
Satisfait de soi-même, il s'adore, il s'admire;
Il ne goûta jamais la grace d'un sourire,
Et jamais un regard ou de tendres accens
N'ont fait battre son pouls, et tressaillir ses sens.
Va, si l'homme, en tout temps jouet de la folie,

Dans le choix des plaisirs est sujet à l'erreur,
Aux transports de l'amour devoir tout son bonheur,
C'est la plus douce erreur du songe de la vie.
Je l'ai goûté, du moins, ce court enchantement,
Lorsque, naguère encor, dans ce séjour charmant,
Chaque jour, je voyais. à l'heure accoutumée,
Celle qui m'aimait tant, et que j'ai tant aimée.
Que de fois, sur son sein courant cacher mes pleurs,
De ses secrets ennuis je fus dépositaire!
Ses caresses étaient mes seuls consolateurs;
Et ses défauts encor me la rendaient plus chère.
Irréparable ami, qui joignait à-la-fois
Les graces d'un beau corps aux dons d'une belle ame,
Et les vertus d'un homme à celles d'une femme;
On l'eût pris par instinct, on l'eût gardé par choix.
Qu'il est doux de trouver dans un autre nous-même
Celle que nous aimons et celle qui nous aime!
D'y voir une compagne, une amante, une sœur!
De lire dans ses yeux les secrets de son cœur!
Et ce tendre intérêt né de la confiance,
Sentiment pur, vainqueur du temps et de l'absence,
Qui même sans espoir croît par le souvenir,
Comme l'or s'embellit à force de vieillir!
Mais, sans parler, ami, des purs attraits de l'ame,
Qui peut être insensible aux charmes d'une femme?
Une vierge, à seize ans, brillante de fraîcheur,
Est le chef-d'œuvre né des mains du Créateur.
De ses chastes regards la pudeur ravissante,
Les trésors de sa bouche, et sa gorge naissante,

Tout enchante les yeux et le cœur à-la-fois;
Et le miel est moins doux que le son de sa voix.
Cet ensemble magique arrache les hommages
Des pâtres et des rois, et des fous et des sages:
On a vu le sauvage, à son aspect, dompté,
Et les vieillards de Troie ont loué la beauté.
Qui peindrait le pouvoir de ces graces naïves,
Mystères de l'amour, nuances fugitives,
Qu'on ne définit point, qui séduisent sans art,
Et que le ciel refuse ou prodigue au hasard;
Enfin cet abandon, cette langueur touchante,
Et ce calme apparent, et ces secrets desirs,
Et ces émotions dont la contrainte enfante
Les doux refus, plus doux encor que les plaisirs!
Mais la beauté s'éteint sous mon pinceau timide.
Empruntons les couleurs du chantre heureux d'Armide:
Sans doute, en la peignant, dans son trouble secret
De son Éléonore il traçait le portrait (1).
L'or de ses longs cheveux sous son voile étincelle,
Et, s'échappant du sein de la gaze infidèle,
Flotte sur son épaule en mobiles anneaux
Que n'ont jamais de l'art profanés les ciseaux.
Ses yeux, modestement abaissés sur ses charmes,
Semblent vouloir cacher quelques furtives larmes.
Son front, qui de l'ivoire efface la blancheur,
Mêle à son pur éclat une chaste rougeur,

(1) Les vingt-huit vers qui suivent sont une traduction libre du Tasse.

Et sa bouche, où frémit une haleine amoureuse,
Offre d'un frais bouton l'image savoureuse.
Elle a honte de plaire : un naïf embarras
Sous ses genoux tremblans fait chanceler ses pas.
Son cou, flexible appui d'une tête charmante,
Livre à l'œil enchanté sa neige éblouissante,
Et l'œil suit à demi, dans leurs parfaits contours,
Deux globes, modelés par la main des amours.
Un vêtement jaloux couvre et cache le reste,
Le cache, mais en vain : si le tissu modeste
Défend à tous les yeux l'aspect de ce trésor,
De la pensée hardie il irrite l'essor.
Et, comme un rayon vif perce un léger nuage,
La pensée au-delà se fraye un doux passage,
Sous le voile importun s'égare en liberté,
Se repaît des attraits de la réalité,
Voit tout, observe tout ; de ses ailes légères
Elle effleure en passant les plus secrets mystères :
L'imagination les raconte au desir,
Et va bercer le cœur des rêves du plaisir.
Quel peuple à la beauté refusa son suffrage ?
On conte que Phryné, dans Athènes, jadis,
En butte aux noirs complots de lâches ennemis,
Parut sans défenseur devant l'aréopage.
Calme au milieu des cris de ses sots délateurs,
Elle laissa parler leurs fureurs impuissantes,
Et, pour toute réponse, à ses accusateurs
Découvrit de son sein les formes ravissantes.

La foule s'écria : ses pâles envieux,
Vaincus à cet aspect, gardèrent le silence;
Et ses juges confus, en détournant les yeux,
Sentirent dans leur bouche expirer la sentence.
  On dit que ce beau sein, délicieux tableau,
Fut dévoilé souvent à l'heureux Praxitèle,
Et servit sous ses mains de type et de modèle
A cette coupe exquise, orgueil de son ciseau.
  O quel dommage, ami, que la beauté fragile
Périsse avec les ans comme une frêle argile,
Ou comme un lis qui brille et se fane en un jour!
Que de charmes offerts aux baisers de l'amour
N'étalent à ses yeux qu'un éclat éphémère,
Qui, prestige de l'ame et délice des sens,
Se flétrit tout-à-coup sous ses doigts caressans?
Mais tel est le destin des choses de la terre.
Heureux, ô mon ami! celui qui dans ses bras
Peut avant leur déclin presser de frais appas,
Et qui, sans l'épuiser, jusqu'à sa dernière heure
Rappelle le plaisir, le caresse, et l'effleure!
Mais plus heureux encor qui goûte sans témoins
L'amère volupté d'essuyer quelques larmes,
Borne au choix d'une amie et ses vœux et ses soins,
Et nourrit le penchant qui survit à ses charmes!
L'homme est né pour aimer : ce sentiment parfait
À ses plus noirs chagrins mêle un baume secret.
Il est comblé sur-tout le vide affreux de l'ame,
Quand on trouve un ami sous les traits d'une femme.

ÉPITRE IX.

A NOÉMI.

NOÉMI, femme aimante, oh! combien tu m'es chère!
Que ton naïf amour a de prix à mes yeux!
Et que de tes baisers le miel délicieux
Fait couler dans mon ame un baume salutaire!
D'un ami tel que toi qu'il est doux d'être aimé,
D'oublier sur son sein le poids de l'existence,
De savourer encore, après des mois d'absence,
De ses embrassemens le charme accoutumé!
Dans ce séjour d'exil, sa première patrie,
L'homme, en proie aux ennuis, rapide voyageur,
A besoin de trouver où reposer son cœur.
Sans cesse environné des ronces de la vie,
Il cherche un compagnon qui lui serve d'appui,
Qui partage sa joie, et qui pleure avec lui.
  Toi seule, Noémi, loin d'un monde frivole,
Tu m'aimes; mes pensers sont devenus les tiens,
Dans mon triste abandon c'est toi qui me soutiens,
Et ta douce amitié me berce et me console.
Par toi je suis heureux dans mon obscurité:

Je ne demande rien; ton cœur et tes caresses
Me tiennent lieu d'honneur, de gloire, de richesses.
J'aurai vécu sans faste et mourrai regretté.
Mais, avant que des ans le torrent nous dévore,
Si le destin devait nous séparer encore,
Je t'en conjure, amie, ah! n'oublions jamais
Ce temps, digne à-la-fois d'envie et de regrets.
Et, lorsque de mes yeux l'âge éteindra la flamme,
Lorsque, plus belle encor des vertus de ton ame,
Tu verras se faner les fleurs de ton printemps,
Et tes jeunes attraits, doux enchanteurs des sens,
Rappelons-nous toujours et nos premières chaînes,
Et de cet âge, alors envolé sans retour,
Les purs ravissemens, les délectables peines.
Pour moi, si, de tes bras arraché quelque jour,
Je ne dois plus jamais ni te voir ni t'entendre,
Combien de fois, hélas! d'une union si tendre
Le souvenir, présent au cœur de ton ami,
Lui fera regretter sa bonne Noémi!
Loin de toi, plein encor du charme qui m'entraîne:
« Elle seule, dirai-je, enchantait mes loisirs,
« J'oubliais ma douleur pour soupirer la sienne,
« J'avais les mêmes goûts et les mêmes plaisirs. »
Tu le sais, peu jaloux et des rangs et des titres,
Je ne crois pas que l'or donne seul le bonheur.
La fortune vend cher ses mortiers et ses mitres,
Je n'en suis point épris; sa trompeuse faveur
N'est qu'une ombre, un fantôme, un songe, un vain nuage,

Qu'un léger souffle enfante et fait évanouir.
Une simple retraite, un champêtre ermitage
Suffisait à mon cœur content de te l'offrir.
L'homme, désabusé des grandeurs de la terre,
Y vit chéri des siens, à l'abri des hasards.
L'aspect d'un être heureux console ses regards,
Et le fait souvenir du bien qu'il a pu faire.
Modeste agriculteur, qui, sans peur des méchans,
Et goûtant chaque jour, comme les premiers sages,
Et la fraîcheur des prés et l'abri des bocages,
N'étends pas tes desirs au-delà de tes champs;
Tu trouves à-la-fois dans ta simple opulence
Les charmes de l'amour, la paix, l'indépendance:
Voilà les seuls trésors dont j'étais envieux,
Et tu jouis d'un bien qui n'appartient qu'aux dieux.
  Le ciel fut envers moi de ses bienfaits avare,
Ma Noémi; du moins je dois à sa bonté
De chérir près de toi ma médiocrité.
Mais faudra-t-il ençor que le sort nous sépare?
Non, il m'épargnera ces funestes adieux.
J'ai besoin, jusqu'à l'heure où la mort nous appelle,
De bénir, chaque jour, ta tendresse fidèle;
J'ai besoin d'un ami qui me ferme les yeux.

ÉPITRE X.

A UNE JOLIE FEMME.

Jeune, fraîche, naïve, agréable, piquante,
Oui, vous êtes, Sophie, une femme charmante.
Mais quel dommage, ô ciel! que de si doux appas
Attachent un moment et ne retiennent pas!
Je crains que votre cœur déja ne me pardonne,
Et je tremblerais moins si vous étiez moins bonne:
Fâchez-vous, par pitié; mais lisez jusqu'au bout.
Vous riez! hé bien donc il faut vous dire tout.
Vous avez un défaut, Sophie, un seul, daignez m'entendre:
C'est peu d'être jolie, il sied bien d'être tendre.
Vous êtes toujours gaie, et vous riez toujours.
L'enjouement, je le sais, est père des amours;
Mais, échappés bientôt des bras de la folie,
Les amours sont bercés par la mélancolie.
En grandissant, Sophie, ils deviennent rêveurs:
Ils aiment qu'avec eux on répande des pleurs,
Et vous n'en versez point: voilà, femme charmante,
Le défaut qui les chasse et qui nous désenchante.
N'en soyez point surprise: à votre âge, à vingt ans,

Une femme offre aux yeux l'image du printemps;
On aime son éclat, sa grace naturelle;
Tous les sens à l'envi sont satisfaits près d'elle;
Qui pourrait dédaigner la beauté dans sa fleur?
Mais ce n'est point assez, il faut toucher le cœur.
Un esprit séduisant, un heureux caractère,
Dans de folâtres jeux peuvent suffire et plaire.
La simplicité charme, et la gaîté sans fard
Fait naître le plaisir qu'on effraie avec l'art.
Mais, pour nous enivrer, pour exalter nos ames,
Des feux du sentiment Dieu fit présent aux femmes,
Et jamais l'enjouement ni la frivolité
N'obtinrent ce triomphe, orgueil de la beauté.
Il serait dû, Sophie, à votre ame naïve.
Femme aimable, en blâmant votre humeur un peu vive
Je n'entends point vanter ces objets langoureux,
D'un céladon plaintif tristement amoureux:
J'approuve moins encor ces Agnès éternelles,
Et ces pédans en jupe, et ces Catons femelles,
Qui, droites sur leur busc, dans tout ce qu'elles font
Croiraient se compromettre en déridant leur front.
Non, fuyez l'air pincé de ces froids automates.
Je hais autant que vous nos tranquilles béates,
Toujours sur le haut ton prenant tout ce qu'on dit,
Dont le cœur est de glace aussi bien que l'esprit.
Non, riez, badinez, parlez sans pruderie,
Saisissez l'à-propos d'une plaisanterie,
Gardez votre air affable et votre ton léger;

Mais, dans l'occasion, qu'on vous voie en changer.
Conservez ce front pur, cette grace ingénue;
Mais de Pygmalion réchauffez la statue.
Qu'un mot, qu'un trait sublime, un site aimable à voir,
Aient le don de vous plaire et de vous émouvoir.
Dans des yeux pleins de feu j'aime à l'étourderie
Voir succéder parfois un air de rêverie...
L'homme est né pour penser; la femme, pour sentir.
Il faut du sentiment jusque dans le plaisir.
Oui, ne souriez point; le sentiment, Sophie,
Touche seul, donne à tout la chaleur et la vie,
Prête un charme durable aux attraits les moins vifs,
Et de la profondeur aux plaisirs fugitifs.
Séduisant enchanteur, d'une douce chimère
Il prolonge souvent l'ivresse passagère,
Embellit le passé, ceint de fleurs l'avenir.
Il créa l'espérance, et vit de souvenir.
L'imagination peut tracer un beau rêve,
Mais c'est le sentiment qui le peint et l'achève.
Malheur à qui jamais n'a connu la douleur!
Il ne versera point les larmes du bonheur,
Ne s'attendrira pas à l'aspect d'une tombe,
D'un berceau, d'un ami, d'un héros qui succombe;
Il ne brûlera point des frissons du desir;
Il ne sentira pas son ame s'agrandir
À l'aspect d'un beau ciel ou d'un mont pittoresque.
Un cœur sensible, ardent, même un peu romanesque,
D'une femme charmante est le plus vif attrait.

Mais est-ce là, Sophie, est-ce votre portrait?
    Vous avez tous les dons de la simple nature.
Sa main dora les flots de cette chevelure
Qui court sur votre front en mobiles anneaux.
Mais ce front, où les ris naissent à tout propos,
Dans sa monotonie est comme un ciel paisible,
Toujours clair, toujours calme, et toujours impassible.
Ces yeux si purs, si doux, ne s'humectent jamais
Des pleurs du souvenir et des tendres regrets.
Jamais le sentiment n'en tempéra la flamme.
C'est celle de l'esprit, jamais celle de l'ame.
Cette bouche est charmante : organe du baiser,
Elle invite en secret la bouche à s'y poser,
Et sa fraîcheur contraste avec des dents d'albâtre;
Mais son accent est brusque, égal, piquant, folâtre:
D'un aveu, d'un serment ignorant la douceur,
Elle médit des maux et des plaisirs du cœur.
Ce sein appétissant, dont les globes d'ivoire
Trahissent leurs contours dessinés sous la moire,
De mille adolescens, comme un fruit savoureux,
Il appelle la main, et la bouche, et les yeux.
Mais l'effort d'un soupir jamais ne le soulève;
Ce beau sein est de marbre : un chant suave, un rêve,
Le trouble, l'embarras de mille émotions,
Ne précipitent point ses ondulations:
Ainsi que votre cœur, il est toujours tranquille,
Et les graces en vain en ont pétri l'argile.
    Vous chantez, vous dansez, vous badinez très bien:

Mais c'est peu pour le sage, ou plutôt ce n'est rien.
C'est le cœur seul qu'il cherche, et c'est lui qui l'attache.
Il aime que parfois l'esprit rêve ou se cache,
Et qu'un mol abandon, un air de volupté,
Succèdent aux éclairs d'une froide gaîté.
Un regard expressif, un épanchement tendre,
Un mot, un geste, un rien qu'il s'applique à surprendre,
Font plus que la beauté riche de mille atours.
Un mot parti du cœur y retourne toujours.
 Eh ! qui ne se plaît pas à rentrer en soi-même;
À penser quelquefois aux doux objets qu'il aime;
À s'entourer chez lui de tendres souvenirs,
Loin des frivoles jeux et des bruyans plaisirs;
À promener sans but sa vague inquiétude;
À nourrir dans le calme et dans la solitude
Ce noble enthousiasme, aliment des bons cœurs;
À regretter ses jours, et même ses erreurs,
Source de tant d'ivresse et de si douces peines;
À se guérir enfin des vanités humaines !
O Sophie ! emportez du sein de vos plaisirs
Et laissez-y toujours quelques vifs souvenirs.
Leur charme est de tout âge; et, mieux que la folie,
Il console, il enchante, il embellit la vie.
 Mais je vous fais sourire, et vous dites tout bas:
Ses avis sont d'un fou, je ne l'écoute pas.
Je le sais, vous traitez la raison de mégère,
Les pleurs de ridicule, et l'amour de chimère.

Railleuse, indifférente en vos amusemens,
Riche d'attraits, de grace, et de mille agrémens,
Je vous plains : vous plairez à la foule charmée,
Mais vous n'aimerez point ; et serez-vous aimée ?

ÉPITRE XI.

ADIEUX A NOÉMI.

C'EN est donc fait, ô ma meilleure amie,
Le sort jaloux t'arrache de mes bras!
Toi, dont l'amour embellissait ma vie,
Tu vas quitter la retraite chérie
Où le bonheur avait conduit mes pas.
Pauvre Louis, tu ne la suivras pas.
Tu restes seul; trop faible ami, tu pleures:
Et, jusqu'au jour d'un éternel adieu,
En frissonnant tu vas compter les heures.
Ciel protecteur! je ne t'offre qu'un vœu:
Que loin de moi Noémi soit heureuse!
Mais qui plaindra ma solitude affreuse?
Depuis long-temps nos cœurs ne faisaient qu'un;
Depuis long-temps les plaisirs, les pensées,
Les maux aussi, tout nous était commun:
Chaînes d'amour, vous voilà donc brisées!
Oh! loin de toi, ma respectable sœur,
Du bien-aimé qui fermera la plaie?
Aura-t-on bien pitié de sa douleur?

Qui lui rendra cette amitié si vraie?
Et quelle main soutiendra donc son cœur?
  Plains, Noémi, plains ton malheureux frère.
Tu pars! Et toi, que vas-tu devenir?
Quel est le sort, quel sera l'avenir
Que te réserve une terre étrangère?
Tu vas aussi vivre de souvenir.
Oui, comme moi, pensive et désolée,
Tu vas long-temps dévorer tes regrets;
Car à quel être oser, pauvre exilée,
De ta douleur confier les secrets?
  Dieux! à vingt ans quel destin est le nôtre!
Aimé de toi, je n'avais qu'un appui,
On me l'arrache : étrangers l'un à l'autre,
Je n'irai plus partager ton ennui,
Ni tes chagrins, ni tes plaisirs peut-être,
Si quelque jour tu dois les voir renaître.
Le temps, voilà notre consolateur :
J'en attends tout, et rien de mon courage.
Mais quel remède! avec quelle lenteur
Viendront ces jours où les conseils de l'âge
Auront remis le calme dans mon cœur!
Où, malgré moi, moins plein de ton image,
Je connaîtrai la paix, quand Noémi
Ne viendra plus sourire à son ami!
  Où seront-ils ces jours de ma jeunesse,
Ces jours si beaux qui vont s'évanouir?
Doux âge d'or, vingt ans, saison d'ivresse!

Tout aura fui pour ne plus revenir.
Quand je les perds, ces biens que je déplore,
Quand tout m'échappe, enfin, sœur que j'adore,
Lorsque par toi je me vois délaissé,
Tiens, j'ai besoin de m'arrêter encore
Sur ces instans de mon bonheur passé.
Savourons-en la trop courte durée :
Et quand bientôt nos regrets superflus
Se nourriront de ce temps qui n'est plus,
Que la mémoire en soit toujours sacrée.
Te souvient-il encor de la soirée
Où je te vis pour la première fois,
Où je tremblais au seul son de ta voix,
Où sans dessein tu cherchas à me plaire?
Et de la fête où je dus à ta mère
D'être placé près de toi tout le jour?
Et de ce bal où mon naissant amour
Avec raison te nomma la plus belle?
Et du sommet de cette antique tour,
Heureux témoin d'une aimable querelle
Qui par hasard nous trahit tour-à-tour?
T'en souvient-il? Sans pouvoir nous rien dire
Nous nous boudions; c'est toi qui me quittas:
Mais, quand le soir, ne te revoyant pas,
Ma triste main essayait sur la lyre,
Dont tu m'appris le langage enchanteur,
Des sons plaintifs, et des chants de douleur,
Tu t'approchas, je t'entendis à peine,

Et ta main vint se poser sur la mienne.
  Te souvient-il de ce premier baiser
Que tu n'osas donner ni refuser?
Allez, méchant, disais-tu tout émue;
Et dans tes bras je me sentais presser.
Tu m'aimais donc! et ton ame ingénue
Me l'avouait enfin sans y penser.
De ce jour-là tu me nommas ton frère.
  Il te souvient de ce charmant hameau,
Et du jardin de ce vieux presbytère
Qui nous prêta son abri solitaire?
Jamais n'a lui pour nous un jour plus beau.
Le mois de mai rajeunissait la terre,
Et le soleil, riche d'un feu nouveau,
Rendait la vie à la nature entière.
Que de baisers cueillis sous ce berceau,
De nos aveux discret dépositaire!
O bon curé! Retraite hospitalière!
Arbres des champs, dont le chaste rideau
De nos amours a couvert le mystère!
Asile pur! silencieux coteau!
Que votre image à ma pensée est chère!
Avant de voir s'entr'ouvrir mon tombeau,
Oh! que mon œil puisse, une fois dernière,
Se reposant sur ce simple tableau,
De mes plaisirs retrouver la chimère!
  Quels jours, ô ciel! ont suivi ce beau jour!
Près de ma sœur que d'heures fortunées!

Les souvenirs de mes jeunes années
Mon triste cœur les doit tous à l'amour.
  Baiser cueilli sur une bouche aimée,
Quel miel si pur égale ta douceur?
O Noémi! lorsqu'à demi fermée
Ta bouche exhale une haleine enflammée
Que tes baisers font passer dans mon cœur,
Souvent je crois respirer une fleur,
Ou d'un fruit mûr la saveur embaumée.
Toi qui cent fois m'enivras de bonheur,
Ah! donne-moi ces lèvres que j'adore,
Donne, je veux les savourer encore.
Viens, que ton souffle ému par le plaisir
Apaise un peu le feu qui me dévore.
Que dans les cieux, à force de sentir,
Mon ame encor s'envole avec la tienne,
Qu'entre ses bras ton ami te soutienne,
Et soit heureux sans te faire rougir.
Si tu le peux, tourne tes yeux humides
Sur ton amant ivre de volupté:
Unis ta bouche à mes lèvres avides:
Et que mon sein, de ton sein agité,
Sente en tremblant les battemens rapides.
Enlace-moi de tes bras amoureux:
Penche sur moi ta tête languissante;
Puis laisse-moi contempler mon amante,
Que le bonheur rend plus belle à mes yeux.
Ma Noémi! j'ai soif de tes caresses,

Et je ne puis assez t'en prodiguer.
Quand sur ton cœur je sens que tu me presses,
Ma bouche, ô sœur ! peut bien se fatiguer,
Non s'assouvir de ces chastes tendresses.
Mais quelle erreur m'enchante et me séduit?
Pauvre Louis, Noémi t'abandonne;
Noémi part; ainsi le sort l'ordonne;
Et ton bonheur comme un rêve s'enfuit.
Plaisirs d'amour, ravissantes délices,
Ce cœur brisé ne vous goûtera plus:
Jours qui naissiez sous de si doux auspices,
Comme un éclair vous êtes disparus.
De mes beaux ans l'illusion s'envole:
J'étais heureux auprès de Noémi,
En la perdant je n'aurai plus d'ami
Dont la pitié me plaigne ou me console.
O toi qui vas me quitter pour jamais,
Adieu cent fois! adieu, femme trop chère!
Adieu ! Je sens, en t'offrant mes regrets,
Que je m'arrache à tout ce que j'aimais,
Et n'ai plus rien qui m'attache à la terre.
En te parlant pour la dernière fois,
Je crois fouler un triste mausolée,
Et m'adresser à l'ombre désolée
D'un vieil ami qui n'entend plus ma voix.
Et vous, naguère objets de notre étude,
Vous dont les chants occupaient nos loisirs,
Muses, venez charmer ma solitude.

Rappelez-moi ces innocens plaisirs
Dont j'avais fait ma plus chère habitude.
Loin du grand monde et de la multitude
Nourrissez-moi d'éternels souvenirs.
Faible, éprouvé par tous les maux ensemble,
Roidissez-moi contre les coups du sort :
Apprivoisez mes yeux avec la mort ;
Est-elle un mal puisqu'elle nous rassemble ?
Enfant jadis bercé sur vos genoux,
Muses, vers vous un doux instinct m'attire ;
Prenez sur moi votre premier empire :
Il est le seul dont mon cœur soit jaloux.
Mais que de fois, en chantant avec vous,
Des pleurs encor couleront sur ma lyre !

ÉPITRE XII.

A MON AMI M. DHUYELLE.

SAGE et modeste ami, de qui l'esprit solide
N'a que le vrai pour but et la raison pour guide,
Et dont l'œil, dégagé du bandeau de l'erreur,
Sait priser chaque chose à sa juste valeur;
Que dis-tu, quand tu vois sur la scène du monde
Des fous dont tout l'espoir dans l'avenir se fonde,
Dans cet avenir lent, incertain, ténébreux,
Qui, n'étant pas encor, ne naîtra point pour eux:
Quand, témoins sans profit des sottises passées,
Tu les vois méditer de lointaines pensées,
Et, sans s'effaroucher des menaces du temps,
Ajourner un plaisir à trente ou quarante ans?
Quelle est depuis Noé cette étrange manie
De remettre à demain à jouir de la vie?
C'est un des cent travers du pauvre genre humain;
Et quel homme pourtant est sûr du lendemain?
Chaque soir, le bruit sourd de la cloche funèbre
Nous annonce la fin de quelque acteur célèbre:
La terre, tous les jours, et dans tous les instans,

Engloutit par milliers ses tristes habitans.
L'un rend l'ame en courant après un ministère.
L'autre, en cherchant de l'or, ne trouve qu'une bière.
Cet autre veut vieillir dans un riche palais :
Déja les fondemens s'élèvent à grands frais ;
Le maître avec orgueil voit son naissant ouvrage,
Et meurt quand les maçons sont au premier étage.
Pour ses meilleurs amis, ses voisins, ses parens,
Souvent au cimetière on voit presser les rangs :
N'importe ; on est bien sûr de ne jamais les suivre,
Ou l'on a tout au moins son demi-siècle à vivre.
Je suis jeune, dit-on, je crève de santé,
La toux, la goutte encor ne m'ont point tourmenté ;
J'ai l'œil bon, sans effort mon estomac digère,
Et l'on verra beau temps avant que l'on m'enterre.
Celui qui parle ainsi marche, fait un faux pas,
Tombe, et sur un caillou rencontre son trépas.
Jadis, aux bords du Nil, on vit l'homme plus sage.
Pour lui, la vie était un rapide voyage.
Ce peuple hospitalier, antique, industrieux,
Qui, portant le premier ses regards vers les cieux,
Fit fleurir tous les arts, enfans de son génie,
Voyait chaque maison comme une hôtellerie,
Où l'homme, passager, et possesseur d'un jour,
Venait se reposer, et partait à son tour.
Et quand la piété consacrait une fête,
Quand un cercle d'amis, de fleurs ceignant leur tête,
D'un tranquille banquet prolongeait les douceurs,

Un squelette immobile, orné comme eux de fleurs,
Sur un siége élevé s'asseyait à leur table;
Et quand les ris cessaient, convive redoutable
Semblait crier tout haut au milieu du festin:
Jouissez aujourd'hui; sera-t-il temps demain?
  L'existence est un prêt que nous fit la nature,
Et l'intérêt, ami, s'en paye avec usure.
Mais c'est un marché court; et, malgré tous nos soins,
Il faut le rompre au jour qu'on y songe le moins.
Pourquoi donc tant d'apprêts pour des plaisirs factices?
Pourquoi tant de desirs, de projets, de caprices,
D'inutiles besoins et de stériles vœux?
Je vis; il me suffit, je tâche d'être heureux:
Et, certain que la mort rit de mes espérances,
Je demande au présent toutes mes jouissances.
Dieu même a dit à l'homme: use du jour qui luit,
Et ne t'occupe point de celui qui le suit;
Un choc, un souffle, un rien, créature fragile,
Peuvent à chaque instant briser ta faible argile.
  Mais, après tout, ami, la vie est-elle un bien?
La mort est-elle un mal? Personne n'en sait rien.
Si la vie est un bien, c'est un bien éphémère;
Si mourir est un mal, c'est un mal nécessaire,
Certain, inévitable; et c'est assez pour moi,
Je n'examine plus, mon destin fait ma loi.
Quand, victime en naissant à la mort condamnée,
Peut-être j'ai compté ma dernière journée,
Certes je n'irai pas, atome ambitieux,

En souhaits superflus perdre un temps précieux.
Suis-je même certain d'achever ma pensée,
Le vers que je polis, la phrase commencée?
Non, le temps peut sans cesse arrêter mon essor.
Le passé n'est plus rien, l'avenir rien encor.
Entre ce double abîme, où le temps se déroule,
Le présent fugitif incessamment s'écoule:
Heureux qui dans son vol sait l'art de le saisir,
Le voit fuir sans regret, et l'attend sans desir!

Souvent, lorsque la nuit revêt ses sombres voiles,
Et qu'un crêpe lugubre obscurcit les étoiles,
Lorsque la solitude et son calme effrayant
Rappellent le silence et l'horreur du néant,
Averti qu'il faudra tôt ou tard que je meure,
Je vais, bien éveillé, rêvant ma dernière heure;
Et, dans mon lit bien chaud, je cherche à me prouver
Qu'un jour j'y dormirai pour n'en plus relever.
D'avance à mon chevet je crois entendre un prêtre
Me consoler de moi par l'espoir de renaître.
Je vois tout l'attirail dont on tue un mourant,
Un notaire, une garde, un docteur ignorant
Parlant mal et beaucoup, puis, dans son ordonnance,
En termes de grimoire, écrivant ma sentence.
Un troupeau d'héritiers et quelques vrais amis
Avec ménagement près de moi sont admis;
Et tous, diversement composant leur visage,
Me font d'un air forcé les complimens d'usage,
Lorsque je vais partir jurent que je suis mieux,

Que les premiers raisins me rendront à leurs vœux,
Et par quelques tableaux des plaisirs de la vie
S'efforcent d'égayer un homme à l'agonie.
Aussi, trompant soudain des présages si sûrs,
Et, sans attendre au lit que les raisins soient mûrs,
Mon œil terne s'éteint, et, perdant la parole,
Je sens vers l'Éternel mon ame qui s'envole.
Un mercenaire alors habille d'un linceuil
Ce corps qu'on va clouer dans un étroit cercueil :
Puis je vais, froid cadavre, exposé dans la rue,
Attendre fièrement que chacun me salue.

Bientôt je vois sans bruit défiler mon convoi.
C'est lui, se dira-t-on : ce ne sera plus moi ;
Ce moi, ce corps enfin, cette ame qui m'est chère,
Tout aura pour jamais disparu de la terre.
Dans cette humble retraite où, libre et jeune encor,
J'ai beaucoup de loisirs, des livres, et peu d'or,
Où je cultive en paix, sans remords, sans envie,
Les Muses et l'amour, doux charme de ma vie,
Un vieil ami, chargé du poids de sa douleur,
Le soir ne viendra plus se jeter sur mon cœur.

Des chantres cependant vont, d'une voix bachique,
Autour de mon cercueil détonner un cantique ;
Puis le convoi funèbre arrive au champ des pleurs.
L'œil sec, et le cœur gai, d'empressés fossoyeurs
Dans mon dernier asile ont descendu ma bière.
Sur le sapin léger j'entends rouler la terre.
O vous tous que j'aimai ! dans ces derniers adieux

Quelques larmes peut-être humecteront vos yeux ;
En vous quittant, du moins, j'ai besoin de le croire.
Mais vos regrets flatteurs, et jusqu'à ma mémoire,
Tout doit se dissiper comme un songe léger.
C'en est fait, aux humains je vais être étranger :
Et, sans savoir mon nom, sans chercher à l'apprendre,
Les générations passeront sur ma cendre.
Dhuyelle, ainsi, hors Dieu, tout passe et se détruit :
Les vers dévoreront cette main qui t'écrit,
Ces yeux qui du soleil contemplent la merveille,
Et ce cœur qui palpite en relisant Corneille :
Et, quelque jour, au pied de ces vieux monumens,
La bêche reviendra heurter mes ossemens,
Jusqu'au temps où, brisés et réduits en poussière,
Ils iront se mêler au limon de la terre.

Ainsi, soumis d'avance aux volontés du sort,
J'essaye en me jouant les armes de la mort.
Mais, sans qu'à cet aspect mon courage succombe,
Si j'affronte l'horreur et les vers de la tombe,
Je ne puis, sans frémir, sans être épouvanté,
Penser, je te l'avoue, au sort de la beauté.
Quoi! cet objet aimé, cette femme charmante,
Ta compagne, ta sœur, peut-être ton amante,
Cette femme si tendre et si belle à-la-fois,
Comme nous, du tombeau sentira donc le poids!
Quoi! ce front, cette tête aimable, enchanteresse ;
Cette bouche où l'amour appelle une caresse ;
Ces yeux si doux, si purs, organes du desir ;

Ce sein qu'émeut la honte ainsi que le plaisir;
Ce corps enfin paré des graces du bel âge,
Qui, de tous les attraits ravissant assemblage,
Semble offrir à nos yeux le printemps dans sa fleur,
Un jour ne sera plus qu'un spectacle d'horreur!
Détournons nos regards de ce tableau funeste;
Ma plume se refuse à te peindre le reste.
Si l'homme à son destin pouvait songer toujours,
D'incurables dégoûts abrégeraient ses jours.
Dieu même, par pitié pour l'humaine faiblesse,
Ne veut pas que la mort nous occupe sans cesse:
Elle vient assez tôt sans qu'on coure au-devant,
Et sans qu'il faille encor s'enterrer tout vivant.
Mais, bien qu'heureusement l'ame soit immortelle,
Puisque le corps périt en se séparant d'elle,
Puisque, rois ou valets, tel est notre destin,
Il est bon quelquefois de penser à sa fin.
Lorsqu'un jour de bonheur pour moi vient de renaître,
Ou lorsqu'un plaisir vif exalte tout mon être,
Pour mieux le savourer, mettant bas mon orgueil,
Je me dis: Hâtons-nous, l'on m'attend au cercueil.
Ainsi, lorsqu'à vingt ans jouet de la fortune,
Naguère je traînais une vie importune,
Sous le poids de mes maux quelquefois accablé,
Je pensais à la mort, et j'étais consolé.

FIN DES ÉPITRES.

STANCES.

I.

A MES DIEUX LARES.

Saints protecteurs de mes foyers,
Mes Lares, mes Dieux familiers,
Salut! Je vous revois, après un mois d'absence.
De mon humble logis j'ai repassé le seuil;
Me voilà dans mon vieux fauteuil,
Et je reprends mon luth las d'un trop long silence.

Je reconnais avec transport
Ce lit où sans trouble on s'endort,
Et ces livres chéris qui parent ma retraite:
Je retrouve ces lieux tels que je les quittai,
Et j'y rentre avec volupté,
Heureux d'y posséder tout ce que je souhaite.

Dieux domestiques, c'est à vous
Que je dois un calme si doux;

Mon cœur aima toujours à vous offrir un culte.
Du nom de Marmousets et de Magots Chinois
On vous flétrit chez les Gaulois;
Mais les Dieux sont trop bons : ils sont sourds à l'insulte.

Le temps n'est plus où ce héros,
Le jouet des vents et des flots,
Vous fit par piété compagnons de sa fuite:
L'homme, en s'expatriant, vous quitte sans efforts,
Il revient à vous sans transports,
L'homme n'a plus d'asile; il est cosmopolite.

Pour moi, sectateur du vieux temps,
J'aime à garder un peu d'encens
Aux Dieux conservateurs de mon foyer tranquille.
Quel bonheur de revoir l'asile où l'on est roi,
D'y penser, d'y vivre avec soi,
D'estimer plus que l'or ses pénates d'argile!

Sans envie, et sans envieux,
Ici je vis loin des fâcheux,
Ni flatté ni flatteur, sans valets et sans maîtres:
Libre, je ne crains point qu'avec prétention
Un noble par succession
Vienne à moi se vanter des faits de ses ancêtres.

C'est ici que, loin des clameurs,
Je médite sur mes erreurs,

Et nourris mon esprit des charmes de l'étude;
Tandis que sur le seuil de mon obscur réduit
J'entends se briser à grand bruit
Les flots des passions et de la multitude.

II.

BOUTADE.

Trop long-temps je fus ton esclave,
Je romps le joug que j'ai porté:
À mon tour, c'est moi qui te brave,
Et je reprends ma liberté.
Liberté! sainte paix de l'ame!
C'en est fait, je suis sans tyran;
Je rampais aux pieds d'une femme,
Et j'ai brisé son talisman.

Grace au ciel, enfin je respire,
Mon sang coule plus rafraîchi:
Des songes cruels du délire
Voilà mon esprit affranchi.
Insensible aux funestes charmes
Que j'adorai, que je veux fuir,
Je ne répandrai plus de larmes,
Je saurai du moins en rougir.

Je braverai ces vains caprices
Qui déconcertaient ma raison;

De ces yeux remplis d'artifices
Je ne boirai plus le poison;
Son image trop séduisante
Ne troublera plus mon repos;
Je pourrai l'oublier absente;
Cet oubli finira mes maux.

Liberté, doux trésor du sage,
Deviens l'arbitre de mon sort;
Encor tout mouillé du naufrage,
Je rentre pour toujours au port.
Ou si, sur la foi des étoiles,
J'allais me rembarquer un jour,
Donne-moi, pour guider mes voiles,
Le plaisir, mais jamais l'amour.

III.

LE TRENTE MAI.

Du jour le plus beau de mes jours
Tu luis, charmant anniversaire!
Et je crois, plein de ma chimère,
Revoir le temps de mes amours:
Salut, heures enchanteresses
Qui me rappelez Noémi,
Et cet asile où son ami
Reçut ses premières caresses!

Soleil de mai, dans ces beaux lieux
Où s'écoula sa pure enfance
Tu m'as vu bénir l'existence,
Naguère encor j'étais heureux.
Des jours de cette longue ivresse
Je n'ai plus que le souvenir;
Je n'emporte dans l'avenir
Que le regret de ma jeunesse.

J'ai perdu cette tendre sœur
Qui fit le charme de ma vie;

Le cœur de ma meilleure amie
Ne battra plus contre mon cœur.
C'en est fait, je sors d'un long rêve;
Mais il était délicieux.
Pourquoi commença-t-il, ô Dieux?
Ou pourquoi faut-il qu'il s'achève?

IV.

CELLE dont la pudeur, la jeunesse, la grace,
Hier de son époux faisaient le juste orgueil,
Ne la demandez plus ; tout se détruit, tout passe,
Elle est dans le cercueil.
La terre, sans pitié, l'a soudain dévorée
Au moment que son sein palpitait de bonheur,
Et la mort a flétri cette tête adorée,
Comme on voit se pencher et mourir une fleur.

Trois lustres et demi, depuis qu'elle respire,
Pour elle avaient été l'aube d'un beau matin,
Et le second printemps bientôt allait sourire
A son récent hymen :
Espoir délicieux ! ravissante chimère !
Ses mains, en tressaillant, préparent un berceau ;
Mais à peine elle sent le bonheur d'être mère,
Que la sienne à genoux pleure sur son tombeau.

Pauvre enfant, qui devais consoler sa vieillesse,
Pour te donner ses soins elle a vécu trop peu,
Et si ses yeux t'ont vu, sa première caresse
Fut un dernier adieu.

Vis, précieux enfant; conserve à sa famille
Ton père inconsolable à la fleur de ses ans,
Et puisses-tu jamais au tombeau de ta fille
N'aller, comme le sien, pleurer en cheveux blancs!

Et vous, qu'elle aimait tant, vous, qui, dès votre enfance
Compagnes de ses jeux, témoins de ses vertus,
Naguère aimiez encore à chercher sa présence,
Vous ne la verrez plus.
Étranger aux liens qui rapprochaient vos ames,
Pardonnez si ma voix interrompt vos douleurs:
J'ai vu la mort frapper la plus tendre des femmes,
Et ma main sur son urne a déposé ces fleurs.

V.

Ah! cache-moi ta grace enchanteresse
Et les transports de ta douce amitié :
D'un pur amour je sais goûter l'ivresse,
Mais je suis pauvre, et dois être oublié.

À ma douleur pourquoi mêler la tienne?
Pourquoi forcer mon cœur à te chérir?
Vers toi déja trop de penchant m'entraîne;
Mais je suis pauvre, hélas! je dois te fuir.

Le monde, épris des dons de la fortune,
T'a dit que l'or donnait seul le bonheur :
Va, sacrifie à cette erreur commune;
Moi, je suis pauvre, et je n'ai que mon cœur.

Il m'en souvient, à ma première amie,
Plein d'un espoir qui m'a trop abusé,
J'osai jurer de consacrer ma vie;
Mais j'étais pauvre, et je fus méprisé.

VI.

J'AI vu passer les jours de ma jeunesse,
J'ai vu s'enfuir les rêves du bonheur;
D'un pur amour la ravissante ivresse
N'exalte plus ma tête ni mon cœur.

Un sang fougueux ne court plus dans mes veines,
De chastes pleurs n'humectent plus mes yeux;
Hélas! sur-tout j'ai regret à mes peines,
Mes pleurs encore étaient délicieux.

Je vois mourir la dernière étincelle
Du feu divin dont j'étais animé:
En vain à lui le monde me rappelle;
De quoi jouir quand on n'est plus aimé?

Le doux plaisir, comme une ombre légère,
S'est éloigné d'un cœur désenchanté;
Mais, ô douleur! en perdant ma chimère,
Hors le regret, il ne m'est rien resté.

FIN DES STANCES.

www.ingramcontent.com/pod-product-compliance
Ingram Content Group UK Ltd.
Pitfield, Milton Keynes, MK11 3LW, UK
UKHW020315220726
13923UKWH00003B/1157

9 782019 296650